26-27 april 1870

VENTE DES 26 ET 27 AVRIL 1870

Succession de M. de SAINT-REMY, du Mans

PREMIÈRE VENTE

TABLEAUX

ANCIENS

Des Écoles Hollandaise et Flamande

LA VIERGE ET JÉSUS

Par Andrea SOLARIO

PEINTURES PRIMITIVES DES XVe ET XVIe SIÈCLES

Me CHARLES PILLET
COMMISSAIRE-PRISEUR

M. FEBVRE
EXPERT

PARIS — 1870

RENOU ET MAULDE
IMPRIMEURS DE LA COMPAGNIE DES COMMISSAIRES-PRISEURS
Rue de Rivoli, 144.

SUCCESSION DE M. DE SAINT-REMY

Officier de la Légion d'honneur, ancien Directeur de l'Asile des Aliénés au Mans

PREMIÈRE VENTE

CATALOGUE

DE

200 TABLEAUX

ANCIENS

Des Écoles Hollandaise, Flamande et Allemande

LA VIERGE ET L'ENFANT JÉSUS

Par Andrea SOLARIO

TABLEAUX DES ÉCOLES PRIMITIVES

Des XVe et XVIe siècles

DONT LA VENTE AUX ENCHÈRES PUBLIQUES AURA LIEU

HOTEL DROUOT, SALLE No 1

Les Mardi 26 et Mercredi 27 Avril 1870

A DEUX HEURES PRÉCISES

Par le ministère de Me **CHARLES PILLET**, Commissaire-Priseur, rue de la Grange-Batelière, 10,

Assisté de **M. FEBVRE**, Expert, rue Saint-Georges, 14,

CHEZ LESQUELS SE TROUVE LE CATALOGUE.

EXPOSITION PUBLIQUE

Le Lundi 25 Avril 1870, de une heure à cinq heures

PARIS — 1870

CONDITIONS DE LA VENTE

La vente aura lieu au comptant et il sera perçu CINQ POUR CENT en sus des enchères.

L'Exposition mettant le public à même de se rendre compte de l'état des Tableaux, il ne sera admis aucune réclamation, une fois l'adjudication prononcée.

CE CATALOGUE SE DISTRIBUE :

à Paris	Chez MM.	CHARLES PILLET, Comm^{re}-Pris^{r}, rue de la Grange-Batelière, 10.
—	—	A. FEBVRE, Expert, 14, rue Saint-Georges.
à Bruxelles	—	Étienne LEROY, Expert du musée, place du Grand-Sablon.
—	—	HÉRIS, Expert du musée, rue Spar, 80.
à Londres	—	COLNAGHI, Pall-Mall-East.
à Berlin	—	LEPKE, Unter den Linden, 4.
à Vienne	—	KAESER, 2, Bogner-gasse.
à Amsterdam	—	SCHOUTEN, Prinsen-gracht.
à Cologne	—	BOURGEOIS, Expert en tableaux.

N. B. —La seconde Vente aura lieu le 7 Mai 1870 à l'Hôtel Drouot, salle n° 2.

M. de Saint-Remy, ancien officier d'état-major sous le premier Empire, et, plus tard, directeur de l'Asile des aliénés, au Mans, a, depuis 1816, consacré tous ses loisirs et une partie de sa fortune à former sa collection, composée principalement de maîtres flamands et hollandais.

Cette collection, bien connue et justement estimée, a été rassemblée avec goût et discernement; car M. de Saint-Remy était un connaisseur. Il a pu, dans des ventes qui remontent déjà à une époque éloignée, et dans ses fréquents voyages en Flandre et en Hollande, profiter de bonnes occasions qu'il serait difficile de retrouver aujourd'hui.

La première vente, qui ne comprend pas moins de deux cents tableaux, se compose d'œuvres charmantes des maîtres les plus estimés des Flandres et des Pays-bas: Repos d'animaux, fleurs, scène d'interieur et de la vie privée, paysages Ruysdalesques et autres paysages des Breughel, véritables miniatures microscopiques, auxquels viennent se joindre une série de bons tableaux des XVe et XVIe siècles par ou d'après Meurling, Van Eyck et autres; puis une page du plus haut mérite : *La Vierge et Jésus*, par Andrea Solario, sur laquelle nous appelons l'attention. Telle est, dans son ensemble, cette collection, une des plus intéressantes et des plus variées qui aient été depuis longtemps offertes aux enchères.

A. FEBVRE

DÉSIGNATION

DES

TABLEAUX

ALDEGRAVER (Henry)

1 — Saint Christophe traverse une rivière et porte l'Enfant-Jésus.

Signé du monogramme; à gauche sur une pierre.

ARTOIS (Jacques Van)

2 — Paysage.

Près de grands arbres passent des animaux et des villageois ; au centre un cours d'eau ; dans le fond, une plaine.

BALEN (Pierre Van)

3 — La Vierge, Jésus et saint Jean.

Dans un paysage, la Vierge assise tient Jésus qui sourit au petit saint Jean ; trois petits anges apportent des fleurs et des fruits ; dans les airs planent d'autres anges.

BALEN (Van). Fleurs par KESSEL (Van)

4 — La Vierge et Jésus.

Représentés dans un médaillon encadré d'un cartouche sculpté entouré de bouquets de fleurs.

BEGA (Abraham)

5 — Paysage.

Une Femme tenant un enfant cause avec un chevrier ; en avant des chèvres broutent de larges plantes qui croissent aux pieds de grands arbres ; fond avec habitations sur des collines.

Signé en toutes lettres à droite sur un tertre.

BENT (Jean Van der)

6 — Repos d'Animaux.

Près d'un bois, une vache debout, un âne et des moutons; à gauche, couché sur l'herbe, un pâtre endormi.

BERGEN (Dirck Van)

7 — Repos d'Animaux dans une campagne.

Une vache boit à un ruisseau, une autre est près d'un arbre, deux moutons son couchés ; une villageoise assise allaite un enfant, près d'elle un petit garçon joue avec un chien ; au fond, à gauche, une cabane.

BERGEN (Dirck Van)

8 — Repos d'Animaux.

Une villageoise vue de dos est assise sur l'herbe; prèsd'elle un petit garçon cherche à monter sur une chèvre; en avant, deux moutons et deux vaches couchées; plus loin, près d'un arbre, une autre vache debout et des moutons; fond boisé avec collines.

PAR LE MÊME

9 — Animaux et Pâtres.

Près des ruines d'un monument antique sont une vache et des moutons, l'un d'eux est caressé par une jeune femme près de laquelle est un berger

Signé en toutes lettres au bas à droite sur un tronc d'arbre.

PAR LE MÊME

10 — Villageois gardant des Animaux.

Une Jeune fille est assise à terre, trois moutons et une vache sont couchés près d'elle; plus loin sont une villageoise et une vache debout; dans le fond, deux chevaux; en avant dans un cours d'eau, une chèvre et un chien.

BERGHEM (Nicolas). Première manière

11 — Le Passage du gué.

Au centre, un cours d'eau que traversent des animaux et un pâtre; d'autres animaux arrivent dans le fond par la porte d'une ville; en avant un muletier descend un ravin. La lune éclaire cette campagne bornée par des collines.

BÉGYN (Abraham)

12 — Campagne italienne.

Des animaux conduits par des pâtres traversent à gué une petite rivière; en avant, un des pâtres monté sur un âne cause avec une villageoise.

Soleil couchant.

BESCHEY (Balthazar)

13 — Suzanne au bain.

Surprise par les vieillards elle cherche à se soustraire à leurs desseins.

BOONEN (Arnold)

14 — Le Concert.

Ce couple placé près d'une croisée est éclairé par la lumière d'une bougie, une jeune fille chante et regarde avec tendresse un jeune homme qui joue de la guitare.

BOL (Ferdinand)

15 — Le Bain de Diane.

Trois nymphes et la déesse sur le bord d'un cours d'eau à l'entrée d'un bois.

BOL (Ferdinand)

16 — Portrait d'une jeune Femme.

Vue de profil à gauche, assise, elle lit une lettre, quelques fleurs parent sa tête.
Signé du monogramme, à gauche.

BOUT et BAUDEWINS

17 — Paysage.

En avant une route, un charriot transporte des paysans, derrière, un cavalier et des animaux conduits par un enfant; dans le fond, un château fort sur le bord d'une rivière.

BOIS (Edouard du)

18 — Bois sur le bord d'une rivière.

Trois personnages dans un bateau traversent la rivière; sur le bord sont des pêcheurs.

PAR LE MÊME

19 — Paysage.

Animaux à l'entrée du bois.
Œuvre traité dans la manière de J. Ruysdael.

BRAMER (Léonard)

20 — Vaincus offrant des présents à un Monarque.

Le monarque assis sur un trône reçoit des armes et des pièces d'orfévrerie que des prisonniers ont déposé à ses pieds.

Signé en toutes lettres à droite.

BREEMBERG (Bartholomé)

21 — Paysage.

Sous les ruines d'un ancien palais est un cours d'eau que traversent à gué des animaux dirigés par un pâtre.

BREUGHEL (Jean, dit de Velours)

22 — Mars et Vénus.

La déesse est assise près de Mars à l'entrée d'une grotte percée à jour et formant plusieurs voûtes; dans le fond, des nymphes apprêtent un repas; en avant, un chien et un singe; à terre, des poissons; dans des vases sont des fleurs; des oiseaux voltigent autour d'arbres chargés de fruits.

PAR LE MÊME

23 — Place d'un village.

Sur la place, un charriot et des villageois.

BREUGHEL (Jean, dit de Velours)

24 — Village sur le bord d'une rivière.

Sur la rivière, quelques embarcations ; à gauche, près d'une chaumière entourée d'arbres, causent deux villageois, un chariot est attelé, plus en avant, un autre villageois conduit deux porcs.

PAR LE MÊME

25 — Canal au centre d'un village.

Les rives sont bordées de chaumières ; sur le canal sont des bateaux ; ciel bleu reflété dans les eaux du canal.

BREUGHEL (Pierre), le Vieux

26 — Hommes de guerre sur une place.

A droite est une ville fortifiée, à gauche et dans le fond les ruines de monuments antiques.

BREUGHEL (Jean)

27 — Cavaliers espagnols attaquant un convoi militaire.

A l'entrée d'un bois, mêlée sanglante, le conducteur d'un chariot s'enfuit ; bien au fond, on aperçoit le clocher d'une ville.

BREUGHEL (JEAN)

28 — Paysage.

Sur le devant un gué, que traversent deux cavaliers et un chariot attelé ; plus loin, est un autre chariot qui se dirige vers un bois ; à droite au fond, une riche habitation entourée d'eau.

PAR LE MÊME

29 — Paysage avec le sujet du bon Samaritain.

Le samaritain soigne le voyageur qui est étendu à l'entrée d'un bois, à gauche ; une rivière borde un village.

PAR LE MÊME

30 — La Fuite en Égypte.

Paysage agreste avec rivière ; à droite sur une route passe la Sainte Famille et deux pèlerins.

PAR LE MÊME

31 — Ville hollandaise avec rivière.

Sur la rivière, quelques voiles et un bateau avec baigneurs, cette rivière serpente et s'étend au loin vers une autre ville.

BREUGHEL (JEAN) et BALEN (VAN)

32 — La Vierge et Jésus.

Assise au milieu d'un bois fleuri, elle soutient Jésus qui tient une rose, un ange apparaît dans un rayon lumineux.

BREUGHEL (JEAN) et FRANCK (SÉBASTIEN)

33 — Paysage avec le sujet de la Fuite en Égypte.

La Vierge est montée sur un âne, elle regarde saint Joseph qui porte l'Enfant Jésus endormi ; à gauche, à terre, sont trois enfants assassinés, figurant le massacre des innocents.

BREUGHEL (JEAN) et ROTHEHAMMER

34 — Adam et Ève au Paradis terrestre.

Ève présente la pomme à Adam, en avant et au fond, sont des animaux de toutes espèces.

BREUGHEL (JEAN-BAPTISTE)

35 — Fleurs et Fruits dans des vases.

BREUGHEL (PIERRE), dit d'ENFER

36 — L'Incendie de Sodome.

Loth, ses filles et l'ange, fuient Sodôme.

PAR LE MÊME

37 — Paysage.

A gauche, une rivière et un moulin à eau, sur la rivière, quelques bateaux ; à droite, une route où passent des chariots et des cavaliers.

BREUGHEL (Jean), le Jeune

38 — Paysage avec chaumière et rivière.

BREKELENKAMP (Querin Van)

39 — Femme âgée se chauffant.

Elle est assise dans un fauteuil d'osier, près d'une cheminée qui occupe la gauche ; en avant, à terre et sur une chaise, sont des ustensiles de cuisine.

Signé en bas, à droite, 1654.

BRILL (Paul)

40 — Voyageurs arrêtés près d'une grotte.

A droite, une rivière et l'entrée d'une ville.

BRUANDET (Louis)

41 — Route et entrée de bois.

Sur la route passe un cavalier, une villageoise et un homme conduisent des animaux.

BRUYN (Abraham de)

42 — Portrait d'une dame allemande.

Représentée en buste, de trois quarts, à droite, elle porte robe brune et manches de velours cramoisi, bonnet blanc et guimpe, la main droite tient des fleurs, la gauche est posée sur sa poitrine.

COLONIA (Adam)

43 — Le Passage du gué.

Dans un paysage que la lune éclaire, des pâtres et des animaux traversent un gué ; dans le fond, sur une colline, est une habitation avec tourelle.

COQUES (Gonzalès)

44 — Portrait d'une dame hollandaise.

Vue en buste, presque de face.

CROOS (Jean Van)

45 — Ville et canal hollandais.

Au centre, le canal qui s'étend au loin, à droite, sur une berge, des joueurs de boule; des pêcheurs posent des engins de pêche ; sur la rive opposée, un pont relie la ville qui est bordée par le canal.

Rappelant le faire de Van Goyen.

Signé en toutes lettres, à droite sur une planche.

PAR LE MÊME

46 — Mare au milieu d'un bois.

Sur le bord de la mare, sont des villageois.

CRANACH (Luc Sunder), le Jeune

47 — Lucrèce se donnant la mort.

Vêtue d'une robe rouge dégraffée, laissant le sein entièrement nu, elle tient le poignard qui doit la frapper.

CUYP (Albert)

48 — Paysage avec bras de mer.

A gauche, un tertre où se reposent des animaux ; plus loin, une chaumière rustique ; sur la mer, des bateaux et quelques voiles.

Signé en toutes lettres, au milieu, en bas.

DECKER (Conrad)

49 — Le Champ de blé.

Une route sablonneuse, avec de larges sillons, borde l'entrée d'un bois où l'on voit deux chaumières; un voyageur se repose ; à gauche est le champ de blé vivement éclairé; plus loin, une habitation entourée d'arbres.

Signé en bas, à droite, en toutes lettres.

PAR LE MÊME

50 — Intérieur de forêt.

Des chênes centenaires, entourent une mare où deux hommes dans un bateau pêchent à la ligne; dans le fond, sur une route vivement éclairée, passent un villageois, sa femme et son enfant.

Signé à droite, en bas, en toutes lettres.

DIÉPRAMM (ABRAHAM)

51 — Intérieur.

Une jeune fille est assise sur un lit; dans le fond, en haut d'un escalier, une vieille tient un pot; en bas, un vieillard berce un enfant.

DIÉTRICH (CHRÉTIEN-GUILLAUME)

52 — Le Pont.

Campagne italienne éclairée par les derniers rayons du soleil; sur un pont, passent des muletiers qui se dirigent vers un arc de triomphe antique; d'autres muletiers et des colporteurs descendent un chemin qui est à gauche; au centre, une rivière; au fond, des montagnes vaporeuses.

PAR LE MÊME

53 — Paysage, soleil couchant.

Site accidenté, sur une montagne qui domine un ravin boisé, un berger garde des moutons; on apperçoit au loin une autre montagne et les ruines d'un vieux castel.

Signé du monograme, en bas, à droite.

PAR LE MÊME

54 — L'Annonciation aux bergers.

Dans le ciel apparait un rayon lumineux; les bergers sont épouvantés; des animaux cherchent à fuir.

DOES (Jacques Van der).

55 — Paysage avec figures et animaux.

Une jeune villageoise caresse une chienne dont les petits sont placés dans un panier près d'un petit garçon ; en avant, une chèvre couchée et un chevreau ; plus loin, à côté d'un arbre, est un mouton ; fond boisé.

ELZHEIMER (Adam).

56 — David portant la tête de Goliath.

Une femme tenant une couronne, des personnages de distinction et des musiciens arrivent à la rencontre du vainqueur.

EYCK (Jean Van). Manière de

57 — L'Annonciation.

Diptyque. Sur le volet de droite est la Vierge assise, tenant un livre ouvert ; sur celui de gauche, l'ange Gabriel agenouillé annonce à Marie sa mission divine.

EYCK (Hubert Van). École de

58 — La Nativité.

Jésus est étendu sur une draperie ; deux petits anges, la Vierge, saint Joseph et un berger sont en adoration ; au fond, on voit le bourg de Nazareth.

EYCK (Jean Van). Attribué à

59 — Diptyque.

Sur le volet de gauche, Dieu le Père tient Jésus mort sur ses genoux ; deux saintes sont en adoration ; près d'elles saint Jean le précurseur, le donateur agenouillé et sa femme.

Sur le volet de droite, le fils du donateur et sa famille agenouillés entre saint Jean l'évangéliste et saint Pierre.

EYCK (Jean Van). École de

60 — Les Mages adorent Jésus-Christ qui est sur les genoux de la Vierge.

Fond de paysage.

Signé et daté L. 1530.

FERG (François)

61 — Campagne accidentée.

Au centre, une rivière avec pont, deux hommes et une femme pêchent à la ligne ; à droite, sur un coteau, un berger garde des moutons.

PAR LE MÊME

62 — Cerfs poursuivis par des chasseurs.

Un grand nombre de cavaliers et de dames à cheval traversent un cours d'eau et poursuivent des cerfs qui se dirigent vers un bois ; dans le fond, à droite, est une campagne entrecoupée de montagnes.

Signé en toutes lettres, en bas, à droite.

3

FERG (François)?

63 — Paysage, site montagneux.

Rivière entourée de petits ilots où sont des habitations ; en avant, sur une route, des animaux, des pâtres et un cavalier; fonds avec hautes montagnes.

GAEL (Berent)

64 — Paysage.

Villageois réunis à la porte d'une chaumière environnée d'arbres.

GAROFALO (Tizio). Genre de

65 — La Vierge et Jésus.

Jésus tient des cerises, la Vierge un œillet.

GÉRARD (Mlle). Attribué à

66 — Financier et sa femme.

La femme est assise devant un bureau, elle consulte un livre de compte; son mari est debout, le coude appuyé sur le fauteuil.

GILLEMANS (Pierre-Mathieu)

67 — Fruits.

Ils sont groupés près d'un arbre.

GOLTZIUS (Henry)

68 — Le Jugement de Pâris.

Peinture sur pierre.

GOYEN (Jean Van)

69 — Un Bras de la Meuse.

Sur le fleuve qui s'étend au loin, sont des embarcations; dans le fond, sur une berge, des chariots et des paysans devant une auberge; au bas, quelques bâteaux amarrés; en avant, une barque transporte des voyageurs.

Sur la barque, le monogramme du maître.

HAMILTON (Charles-Guillaume)

70 — Fleurs, Plantes et Reptiles.

HEMLING (Hans). Attribué à

71 — Saint Jérôme se frappant la poitrine.

Il est agenouillé et regarde un crucifix; près de lui est un lion couché; fond de paysage avec rivière et collines.

HEMLING (Hans). École de

72 — La Vierge et Joseph d'Arimathie.

Près de la prison où est enfermé Jésus, est la Vierge; Joseph d'Arimathie l'embrasse et cherche à la consoler; dans le fond, à gauche, sur une montagne. Jésus agenouillé, est visité par un ange.

Derrière ce panneau, une grisaille représente la lapidation de saint Étienne.

HEMLING (HANS). Attribué à

73 — La Vierge, Jésus et deux Anges.

A droite et à gauche, deux séraphins, l'un joue du luth, l'autre de la mandoline; au milieu, la Vierge assise, tient un livre que feuillette l'enfant Jésus.

HEEM (CORNEILLE DE)

74 — Groupe de belles Fleurs sur une table de pierre.

Signé en toutes lettres, à gauche, sur la table.

HOOGH (CHARLES)

75 — Paysage.

Un paysan cause avec une femme assise sur un tertre; dans un arbre est un pigeonnier; au loin sont des chaumières.

Signé en toutes lettres, en bas, sous l'arbre.

HOBBÉMA (MEINDERT)?

76 — Marc au milieu d'une forêt.

Sur une route, deux voyageurs causent à l'ombre de grands arbres; autour de la mare se divisent plusieurs chemins qui mènent vers des points opposés; dans le fond, des arbres couronnent une chaumière; quelques villageois circulent dans la forêt.

Signé au bas, à gauche, en toutes lettres.

HONDIUS (Abraham). 1660

77 — Pâtres et Animaux près d'une fontaine.

Une villageoise danse en tenant un chien.

Signé sur une pierre, en toutes lettres.

HOLBEIN (Sigismond)

78 — Portrait d'un jeune homme.

Représenté en buste, de trois quarts à droite, cheveux courts, barbe et moustaches naissantes, manteau et toque noirs, la main droite tient une lettre, la gauche des gants.

Porte la date de 1533.

HOLBEIN (Sigismond)

79 — Portrait de la femme du précédent personnage.

Vue en buste, de trois quarts à gauche, elle porte un coiffe en brocard, robe noire retenue par une ceinture d'or et d'argent; la main gauche est appuyée sur une table de pierre; la droite tient une pensée qu'elle semble offrir à son mari.

Porte la date de 1538.

HUGTENBURG (Jean Van)

80 — Le Manège.

Près d'une tente un cavalier essaie un cheval blanc; des gentilshommes et d'autres cavaliers regardent; fond avec prairie et montagnes.

HUYSMANS DE MALINES

81 — Paysage avec entrée de forêt.

Un villageois garde une vache près d'un terrain sablonneux où s'élèvent de grands arbres.

PAR LE MÊME

82 — Entrée de forêt.

Près de la forêt qui occupe la droite, sont des animaux et des bûcherons; à gauche, une route entre des terrains éboulés; fond boisé avec chaumière; ciel bleu, nuages brillants.

JARDIN (CARLE DU)

83 — Paysage.

Vaste campagne avec vallée et collines boisées; en avant un coteau avec cavaliers et berger conduisant un troupeau. Ciel lumineux.

PAR LE MÊME

84 — Paysage, site italien.

En avant, sur un tertre, une vieille femme assise file sa quenouille, elle cause avec un pâtre; plus loin, dans un bas-fond, est un lac alimenté par une cascade; à gauche, un chemin creux et une route montueuse que gravit un muletier: fond avec collines, ciel lumineux.

JOLIVARD. 1835

85 — Anes au repos près d'un bois.

Signé à gauche en toutes lettres.

KÉRINX et ROTTENHAMMER

86 — Diane revenant de la chasse.

Par une route qui traverse un bois, elle arrive suivie de ses chiens. Au premier plan, sont les nymphes qui se reposent; à droite, au fond, est une prairie bordant une rivière, puis des chaumières entourées d'arbres.

PAR LES MÊMES

87 — Le Repos de Diane.

La déesse, entourée de ses nymphes, est assise dans une forêt, à ses pieds est du gibier; Bacchus lui offre des raisins.

KESSEL (JEAN VAN)

88 — Oiseaux de basse-cour et autres.

Fond de paysage avec habitation.

Signé en toutes lettres, au bas, à gauche.

KEYSER (THÉODORE DE)

89 — Dame hollandaise debout près d'une table.

Elle porte le costume de l'époque, robe noire, manchettes, large collerette et cornette blanches.

KESSEL (Jean Van).

90 — **Fleurs dans un vase et Fruits sur une table.**

Grande finesse d'exécution.

KLOMP (Albert)

91 — **Animaux au repos.**

Des vaches, des moutons et des chèvres se reposent devant une chaumière entourée d'arbres; à droite. au fond, deux hommes sur le bord d'une rivière.

Signé à droite, sur un tronc d'arbre.

KOBELL (Jean), de Rotterdam

92 — **Pâturage hollandais.**

Trois vaches au repos près d'une haie; un paysan portant deux seaux, ouvre la barrière du paturage.

Signé en toutes lettres.

LANGEND (D.)

93 — **Cavaliers attaquant des Fantassins.**

Cette scène se passe sur le bord d'une petite rivière.

Signé au bas, à droite.

LANTARA, figures par ROBERT (Hubert)

94 — **Paysage, clair de lune.**

A gauche, une rivière; à droite, des marins se chauffant au feu d'une cuisine ambulante.

LEYDE (Lucas de). École de

95 — La Vierge, Jésus et deux Saintes.

Les deux saintes, placées à droite et à gauche, sont occupées à lire; Jésus est soutenu par la Vierge qui est assise sur un trône; dans le fond, par deux ouvertures, on apperçoit une ville.

Au milieu est une L comme signatnre.

LIPPI (Philippino)

96 — La Vierge, Jésus et des Anges.

Un ange offre des cerises à Jésus; trois autres anges agenouillés sont derrière la Vierge.

Fond avec percée de paysage.

LINGELBACK (Jean)

97 — Marché sur la place d'une ville.

Des grands seigneurs et des gens du peuple circulent sur la place, au centre de laquelle est une fontaine jalissante; à gauche, une cantine ambulante, puis des marchands de légumes et autres.

Composition capitale.

Signé en toutes lettres, au bas, à droite.

MAAS (Nicolas)

98 — Portrait en buste d'une dame hollandaise.

Vue presque de face, elle porte un élégant costume, coiffure à la Sévigné; son bras gauche est appuyé sur un socle de pierre.

MAAS (Nicolas)

99 — Intérieur hollandais.

Une bonne mère assise allaite un enfant; près d'elle, trois petites filles, la plus grande tient un chat, une autre fait de la dentelle, la plus petite mange; en avant, un berceau; dans le fond, un dressoir avec des pots accrochés.

Signé au bas, à droite.

MABUSE (Jean de)

100 — Saint Évêque agenouillé, adorant la Vierge et Jésus.

MABUSE (Jean de). Manière de

101 — La Vierge et l'Enfant-Jésus.

Jésus sur les genoux de sa mère, cherche à prendre des fruits placés sur une table.

MEEN (Van der)

102 — Savant dans son cabinet.

Il porte la robe de docteur, et retire un reptile d'un vase en argent; sa femme cherche à le détourner de son occupation; sur une table sont des livres épars; au fond, une bibliothèque.

MEER (JEAN VAN DER), le Vieux

103 — **Marché aux Poissons sur le bord de la mer.**

Sur une falaise, un village; plus bas, des marchands de poissons; sur rade, à droite, quelques navires.

MIÉRIS (GUILLAUME)

104 — **Putiphar cherche à retenir Joseph.**

Elle est assise sur un lit.

MICHAU (THÉOBALD)

105 — **Marche d'Animaux.**

Ils sont conduits par deux hommes et un cavalier qui les dirigent vers un village occupant la gauche; dans le fond, à droite, est une vallée où serpente une rivière.

MIÉREVELD

106 — **Portrait d'un personnage hollandais.**

Vu en buste, de trois-quarts, à droite; cheveux courts, moustaches et barbiche; il porte un vêtement gris tacheté de noir et large collerette plate; sa main droite est appuyée sur sa poitrine.

Signé en toutes lettres, en haut, à gauche.

MIGNON (Abraham)

107 — Fruits dans un paysage.

De beaux fruits sont groupés sur une table de pierre; autour butinent ou voltigent des insectes et des papillons; derrière, est une tête en marbre blanc représentant une jeune femme couronnée d'épis.

MOLENAER (Klas)

108 — Ruines de vieux château entouré d'arbres.

En avant, un homme assis cause avec un villageois; plus loin, un pont; sur le bord d'une rivière, deux pêcheurs.

PAR LE MÊME

109 — Paysage.

Sur le bord d'une rivière, deux pêcheurs; un homme est assis sur une route; un chariot passe sur un pont; au-delà du pont, quelques chaumières entourées d'arbres; au fond, une église.

Signé du monogramme K. M.

PAR LE MÊME

110 — Village hollandais.

Il borde une rivière qui s'étend au loin; en avant, trois pêcheurs.

IMOLA (Innocenzio da)

111 — Sainte Famille.

La Vierge assise tient l'Enfant Jésus qui embrasse le petit saint Jean; à droite, derrière la Vierge, est saint Joseph; à gauche, sainte Élisabeth.

MONI (Louis de)

112 — La Marchande de gibier.

Une ménagère hollandaise, assise, cause avec la marchande; sur le comptoir et sur des planches sont des volailles et du gibier.

Signé à droite, en toutes lettres.

MORO (Antonio, Genre de)

113 — Portrait d'une jeune Dame.

Vue de trois quarts, à gauche; des fleurs parent ses cheveux; elle porte collerette en guipure et robe violette bordée de galons d'or et d'argent.

MOUCHERON (Isaac)

114 — Paysage.

Belle contrée de l'Italie éclairée par un soleil couchant.

MOUCHERON (Frédrick)

115 — Paysage, site d'Italie.

Un soleil couchant éclaire une vaste campagne accidentée; sur une route, à gauche, passe un muletier.

MOUCHERON (Frédrick). Attribué à

116 — Coq, Poules et Paons dans un paysage.

NEEF (Pierre), le Vieux

117 — Intérieur d'Église.

Grande quantité de personnages se rendant à une chapelle où on célèbre un baptême.

NEER (Arthur Van der)

118 — Paysage, effet d'hiver.

La neige couvre une plaine à gauche, sur un canal glacé qui entoure une ville, sont des patineurs; au fond, un village et des moulins.

Signé à droite, du monogramme.

NEER (Arthur Van der). Genre de

119 — Site hollandais, clair de lune.

Au centre, une rivière et quelques voiles; sur plusieurs points, sont des chaumières entourées d'arbres.

NETSCHER (Gaspard)

120 — Portrait d'une femme de distinction.

Assise à l'entrée d'un parc, elle tient des fleurs; son bras gauche est appuyé sur un socle de pierre; fond avec ciel et paysage.

PAR LE MÊME

121 — Famille hollandaise à l'entrée d'un parc.

Un personnage de distinction est debout près de sa femme richement vêtue; devant elle, son jeune fils paré de fleurs tient une pêche; sa fille, plus grande, tient une corbeille de fleurs; au fond, un parc avec statues.

NETSCHER (Constantin)

122 — Jeune dame assise à l'entrée d'un parc.

Elle chante en s'accompagnant de sa guitare; sur un socle de pierre, placé devant elle, est un cahier de musique; à droite, près d'une charmille, est un vase sculpté; dans le fond, on voit l'entrée d'une riche habitation.

Signé en toutes lettres, en bas, à droite.

ORLEY (Gérard Van)

123 — La Vierge et Jésus.

La Vierge assise, tient des raisins; l'Enfant un chardonneret.

Fond de paysage avec habitations.

ORLEY (Gérard Van)

124 — La Vierge et l'Enfant Jésus.

Sous un trône ogival, avec colonnes, la Vierge soutient l'Enfant. Fond avec collines et habitations.

ORLEY (Gérard Van). Attribué à

125 — La Vierge et l'Enfant Jésus.

L'Enfant embrasse sa mère et lui passe ses petits bras autour du cou.

OS (Jean Van)

126 — Fleurs et Fruits.

Sur une table de pierre sont des fruits, des raisins, des pêches, des prunes, des framboises et des groseilles ; ils entourent un vase en marbre sculpté qui contient des fleurs.

Signé en bas, à droite, sur la pierre.

OSTADE (Isaac)

127 — Intérieur de Chaumière.

Elle est soutenue par des poutres apparentes ; en avant, à terre, des planches, des poteries et des légumes ; deux paysans se chauffent à une cheminée.

PATENIER (Joachim)

128 — Saint offrant un cœur à Jésus.

Au milieu d'un paysage, la Vierge assise sur une roche, soutient son fils bien aimé, qui étend les bras vers un saint agenouillé, lequel de loin, sur le bord d'une rivière, lui présente un cœur; fond avec collines, château-fort, plaine et rivière.

PŒLENBURG (Corneille)

129 — Personnages antiques, dans une campagne arcadique.

Sur une colline, à gauche, est un édifice en ruines; fond vaporeux; soleil couchant.

POORTEN (Van den), d'Anvers

130 — Paysage.

Moutons et chèvres au repos près d'une barrière; un villageois, monté sur un âne, gravit une route.

Signé au milieu, en bas, en toutes lettres.

PYNAKER (Adam)

131 — Paysage.

Le soleil éclaire une belle contrée d'Italie; en avant, sur le bord d'une rivière, un chariot attelé de bœufs reçoit des bagages que contient un coche : à droite, de grands arbres. Dans le fond, des montagnes vaporeuses.

Signé en toutes lettres sur le bateau.

PYNACKER (Adam)

132 — Paysage, site d'Italie.

Pynaker s'y est représenté assis sur un rocher et dessinant d'après nature; à gauche, de grands arbres; au centre, une rivière; dans le fond, des collines.

PAR LE MÊME

133 — L'Apparition aux Bergers.

Des anges dans un rayon lumineux tiennent des couronnes.

RAPHAEL (D'Urbino), D'après

134 — Sainte Famille.

Jésus offre l'anneau à sainte Catherine; derrière la Vierge est saint Joseph appuyé sur un bâton.

ROMBOUT

135 — Paysage.

Campagne accidentée; un pâtre garde des animaux; à gauche, l'entrée d'un bois.

ROMYN (Guillaume-Van)

136 — Repos d'Animaux.

Le soleil perçant de gros nuages éclaire une campagne où se reposent deux vaches, deux moutons et une chèvre.

Signé en toutes lettres en bas, à gauche.

PAR LE MÊME

137 — Paysage.

Des animaux se reposent entre des collines.
Coup de soleil à travers de gros nuages.

Signé en toutes lettres, à droite.

ROSA DE TIVOLI

138 — Muletiers dans une campagne.

Site d'Italie; des muletiers conduisant des chèvres et des moutons gravissent une montagne.

ROTTENHAMMER

139 — Adam et Ève.

Ève reçoit du serpent la pomme qu'elle se dispose à offrir à Adam; fond de paysage.

RUYSCH (Rachel)

140 — Fleurs des champs, Plantes, Insectes et Reptiles.

Dans le fond, un rocher et un bois.

RUYSDAEL (Jacques)?

141 — Animaux au repos, à l'entrée d'un bois.

Une villageoise tenant une quenouille garde des animaux : dans le fond, sur un coteau, sont d'autres animaux gardés par un pâtre.

Signé en bas, à gauche.

RUYSDAEL (Jacques)?

142 — Paysage.

A gauche, un cavalier, précédé d'un guide, descend une route qui conduit à un bois ; à droite, une plaine ; au fond, une ville.

RUYSDAEL (Jacques)?

143 — Campagne hollandaise.

Sur un monticule, à droite, sont des chaumières entourées d'arbres ; à gauche, sur une route tortueuse, une autre chaumière et des villageois ; fond avec taillis dominé par un clocher.

Signé : Ruysdael, en bas, à droite.

RUYSDAEL (Jacques), Attribué à

144 — L'Étang.

Deux pêcheurs dans un bateau ; plus loin, à gauche, un autre bateau chargé ; dans le fond, un bois ; ciel lumineux.

Signé : Ruysdael.

RUYSDAEL (Salomon)

145 — Paysage avec rivière.

Sur le bord, deux pêcheurs et plusieurs animaux qui s'abreuvent; à gauche, un castel en ruines: en avant, à l'ombre de grands arbres, se repose un pâtre.

PAR LE MÊME

146 — Paysage avec rivière.

Au bord, des animaux se désaltèrent ; à gauche, de grand arbres ; quelques vaches dans un bateau ; au fond, un moulin et la flèche d'une église.

RUYSDAEL (Salomon), Attribué à

147 — Paysage, site hollandais.

En avant, une rivière et quelques bateaux-pêcheurs ; à droite, plusieurs chaumières entourées d'arbres.

SASSO-FERRATO (Attribué à)

148 — La Vierge, vue en buste.

Elle est dans l'attitude de la prière ; un voile blanc couvre sa tête angélique.

SALFLÉVEN (Herman)

149 — La Moisson.

Des moissonneurs se reposent, des faucheurs coupent le blé sur une route, passent des voyageurs et un chariot.

Vaste campagne ; au fond, une plaine et des montagnes.

PAR LE MÊME

150 — Une Vue des bords du Rhin.

Sur le bord du fleuve, grande quantité de bateaux amarrés et marins préparant des chargements ; à droite, un moulin à eau ; dans le fond, des collines dominées par de vieux castels.

SAVERY (Roland)

151 — Paysage avec le sujet de l'Ange et du jeune Tobie.

Ils passent sur une route près d'un bois qui occupe la droite.

SCHACKEN (Godefroid). Attribué à

152 — Jeune Femme endormie.

Sa tête repose sur un coussin de velours posé sur une table couverte d'un tapis d'orient, la lumière d'une bougie répand une grande clarté sur son visage.

SCHOVAERTS (M.)

153 — Le Retour de l'Enfant prodigue.

Dans la cour d'un riche palais l'enfant est prosterné aux pieds de son père qui le reçoit avec bonté. Cette scène se passe en présence de gens de distinction.

Signé en bas au milieu en toutes lettres.

PAR LE MÊME

154 — Paysage.

De nombreux chasseurs quittent un bois ; sur une route. des cavaliers, des charrettes et des voyageurs; au fond, à droite, une rivière, des habitations et des montagnes

SENAVE

155 — Le Maréchal ferrant de village.

intérieur rustique.

PAR LE MÊME

156 — Atelier d'un Maréchal ferrant.

En avant, à gauche, une forge et des ouvriers; dans le fond. une cour où d'autres ouvriers ferrent des chevaux.

SITTMANS (H.)

157 — Gibier, Fruits, Poteries.

Le tout posé sur une table.

Signé en toute lettre à droite sur un côté de la table.

SOLARIO (Andrea)

158 — La Vierge et Jésus.

Sur les genoux de la Vierge est un coussin vert sur lequel Jésus assis tient une branche de lis; dans le fond, une ville fortifiée et de hautes montagnes.

Œuvre d'un sentiment élevé.

Nous appelons l'attention des Amateurs sur cette page exceptionnelle.

SOLIMÈNE (François). Le chevalier

159 — La Vierge sur des nuages et Jésus.

Jésus bénit un enfant que lui présente un ange ; un saint agenouillé est en adoration ; dans une gloire sont des chérubins.

SON (Jean Van)

160 — Fruits et belles Fleurs dans une niche de pierre.

STALBEMT (Adrien)

161 — Paysage avec le sujet d'Abraham et Agar.

Abraham indique à Agar, qui est accompagnée d'Ismaël, le chemin qu'elle doit suivre.

Signé au milieu.

STALBEMT (Adrien)

162 — Paysage avec ville italienne et bras de mer.

Sur une colline, à l'ombre de grands arbres, des bandits se placent pour attaquer des voyageurs.

Signé au milieu en bas en toutes lettres.

PAR LE MÊME

163 — Paysage, les bords du Rhin.

Le fleuve coule entre de hautes montagnes ; à droite et à gauche, sont des châteaux ; un grand nombre de figures circulent sur divers point.

STAVEREN (Van)

164 — Anachorète priant.

Dans une grotte, il prie et tient un crucifix; sur un tertre est un livre ouvert qu'il consulte.

STELLA (D'après Raphael)

165 — La Vierge, l'Enfant Jésus, sainte Elisabeth et le petit saint Jean.

Très-bonne reproduction d'après le tableau du Louvre décrit au catalogue, nº 378.

TÉNIERS (David), le Fils

166 — Paysage.

Une vieille, à la fenêtre d'une chaumière, regarde son mar qui donne à manger à des poules; au centre, un cours d'eau alimenté par une cascade tombe entre des rochers.

Signé en bas à gauche en toutes lettre. 1634.

TÉNIERS (David), le Père

167 — Paysage.

Trois villageois causent sur une route, un berger garde des moutons, un cavalier et un chariot gravissent une côte qui conduit à un village.

TERBURG (Gérard)

168 — Portrait d'un jeune gentilhomme.

Représenté en buste, le bras gauche appuyé sur une fenêtre, il porte un gilet de buffle jaune, chemise blanche et chapeau de feutre orné de plumes.

THIÉLEN (Jean-Philippe Van)

169 — Fleurs entourant une sculpture.

Une guirlande de belles fleurs est attaché à un cartouche en pierre sculpté, entourant le buste d'un personnage antique.

Signé en bas à gauche en toute lettre.

THIÉLEN (Jean-Philippe Van)

170 — Fleurs.

Guirlandes de fleurs entourant un cadre ovale en pierre sculptée, au milieu duquel est un buste de femme.

PAR LE MÊME

171 — Fleurs entourant un cartouche.

Le cartouche formant médaillon, encadre une sculpture de marbre représentant la Sainte Famille; autour sont des guirlandes de fleurs.

TOL (Dominique Van), D'après Gérard Dow

172 — La Femme hydropique.

Très-belle reproduction du tableau du Musée du Louvre.

UDEN (Luc Van)

173 — Marche de Voyageurs.

Ils traversent une vaste campagne, les uns montés dans des chariots, d'autres à cheval ou à pied ; à droite, est une auberge

VALLIN, 1792

174 — Campagne de Rome.

Sur une route quelques figurines ; soleil couchant.
Signé en bas au milieu.

VALLIN

175 — Le Retour à la ferme.

Une femme traverse une mare et conduit des animaux ; une autre femme montée sur un âne est suivie d'un pâtre.

VERBOOM, Figures par LINGELBACH

176 — Repos de chasseurs.

Ils sont arrêtés sur une route qui conduit à un coteau boisé ; à gauche, de hauts rochers ; à droite, une rivière avec pont rustique ; fond de collines.

VINCI (Leonardo da), Genre de

177 — La Vierge représentee en buste.

Vue de face, la tête légèrement inclinée vers la gauche.

WERF (Le chevalier Van der)

178 — Enfants dans un bois.

Ils donnent à manger à un moineau qu'ils viennent de dénicher.

WEYNE (Roger Van der), École de

179 — La Vierge, Jésus et deux Saintes.

Dans un paysage, la vierge assise tient l'Enfant Jésus qui remet l'anneau à sainte Catherine ; à droite, une autre sainte est assise et lit.

WOUVERMAN (Philips). Première manière

180 — Attaque de voleurs.

Dans un chariot, des voyageurs se défendent contre l'attaque de bandits, l'un d'eux tient les chevaux, un autre est blessé à la tête; dans le fond, des voyageurs fuient au galop.

PAR LE MÊME

181 — Paysage, site hollandais.

En avant, une rivière où des pêcheurs retirent un filet, le soleil perçant de gros nuages, éclaire une campagne accidentée.

Signé du monogramme, en bas à gauche.

WOUVERMAN (Philips), Genre de

182 — Halte sur la montagne.

Des villageois sont arrêtés, un petit garçon tient par la bride un cheval blanc, une femme porte un marmot, une petite fille est assise; à gauche, une charette gravit la montagne.

WOUVERMAN (Pierre)

183 — Paysage.

Un terrain, avec route montueuse, conduit à une ferme; en bas du terrain, deux chevaux; au fond, une plaine; ciel chargé de gros nuages faisant craindre un orage.

WOUVERMAN (Pierre)

184 — Les Apprêts pour le départ.

Dans une grotte servant d'écurie, un voyageur se dispose à seller un cheval près duquel est un chien; à l'entrée de la grotte sont des personnages assis; fond de paysage.

PAR LE MÊME

185 — Écurie d'Auberge.

Des valets soignent des chevaux; un cavalier est monté sur un cheval blanc; un autre se dispose à partir; deux enfants jouent, l'un est monté sur une chèvre; dans le fond on aperçoit l'auberge.

PAR LE MÊME

186 — Paysage, soleil couchant.

A gauche une rivière, au bord, un pêcheur à la ligne, en avant, à droite, un coteau que descendent un cavalier et un villageois.

Signé en bas, à droite du monogramme.

VRIES (Jean de)

187 — Paysage.

Sur le devant une rivière, un homme dans un bateau passe sous un pont où chemine un cavalier; à droite est un château avec tourelle en briques apparentes.

VRIES (JEAN DE)

188 — Lisière d'un bois.

Une femme et un enfant traversent un ruisseau qui est à droite; une route sablonneuse serpente dans le bois; à gauche, est le commencement d'une plaine.

WYCK (THOMAS)

189 — Ville italienne et Entrée de Palais.

Un gentilhomme et sa femme se dirigent vers le palais près duquel sont des marchands de fruits et de l'égumes.

WINCKEBOOM

190 — Paysage.

A gauche, à l'ombre de grands arbres, des gentilhommes et des dames sont réunis, les uns se reposent, d'autres jouent de divers instruments; sur une rivière à droite, des personnages dans un bateau regagnent la rive; la rivière s'étend au loin entre des montagnes.

WYNANTS (JEAN)

191 — La Route.

En avant, la route avec de larges sillons, un paysan cause avec une femme assise à droite près de la barrière d'un verger, un chasseur est au bout de la route; à gauche, un champ de blé reçoit une vive lumière.

Signé en toutes lettres en bas à gauche.

WYNTRANCK

192 — Paysage.

Sur le bord d'un étang, se sont abattus des canards ; de grands arbres se reflèchissent dans les eaux limpides de cet étang.

WYNTRANCK (Manière de)

193 — Canards sauvages dans un paysage.

En avant, un cours d'eau où sont des canards ; au fond, beau paysage avec collines, rivière et moulin à vent.

WYTHOS (MATHIEU)

194 — Plantes et Insectes dans un bois.

Près de larges plantes, sont deux souris et un nid d'oiseaux ; autour voltige un papillon; on voit aussi plusieurs insectes.

ZÉEMAN

195 — Rade d'un port de mer hollandais.

Sur le devant, le rivage avec quelques marins ; sur rade, trois vaisseaux de hauts bords ; l'un d'eux est au radoub en la mer; de nombreuses voiles ; le soleil éclaire de gros nuages qui annoncent un orage prochain.

ÉCOLE PRIMITIVE DU XVe SIÈCLE

196 — La Vierge et Jésus.

Dans les airs, deux anges sont en adoration, plus haut, deux séraphins, l'un joue du luth, l'autre de la mandoline.

ÉCOLE FLAMANDE DU XVIe SIÈCLE

197 — La Vierge et Jésus.

Assise sur un trône à colonnes, la Vierge soutient l'enfant ; dans le fond, à droite et à gauche, sont des églises à la porte desquelles on voit des anges.

ÉCOLE DE COLOGNE, XVIe SIECLE

198 — La Vierge et Jésus.

Assis sur un trône, elle tient des fleurs : Jésus carresse un perroquet.

ÉCOLE ALLEMANDE DU XVIe SIECLE

199 — La Fuite en Égypte.

La Vierge montée sur un âne tient Jésus endormi.

Fond de paysage avec ville antique.

ÉCOLE ALLEMANDE DU XVIe SIECLE

200 — Saint Christophe.

Il traverse une rivière et porte l'Enfant Jésus.

ÉCOLE ALLEMANDE DU XVIe SIECLE

201 — L'Adoration des mages.

Une grande quantité de personnages forment la suite des mages.

ÉCOLE ALLEMANDE DU XVIe SIECLE

202 — Le Christ expire sur la Croix.

La Vierge évanouie est soutenue par saint Jean, Madeleine est agenouillée auprès de la croix ; des soldats jouent au dés pour se partager les dépouilles; dans le fond, on voit Jésus sortant de prison précédé des larrons.

ÉCOLE ALLEMANDE DU XVIe SIECLE

203 — L'Adoration des bergers.

Au fond, on voit les serviteurs et les cavaliers formant la suite des mages.

ÉCOLE ALLEMANDE DU XVIe SIECLE

204 — La Vierge et des Anges en contemplation devant Jésus nouveau-né.

Ils sont agenouillés sous le péristyle d'un riche palais dans le fond arrivent les mages.

Renou et Maulde, imprimeurs de la Compagnie des Commissaires-Priseurs, rue de Rivoli, 144. 3351

Rome;
struc-
grand
el des
ncher
toutes
acle à
té de
ıp de
nettre
: l'un
ainte-
nt au
choix

enses
nt de
ngrès

le des
ır les
et on
oyant
ιués à
strées

objet
e vue

avait
s l'or-
Écoles
s lieu
les di-
plica-
ne.

REVUE RÉTROSPECTIVE

Des Ventes

—

SUCCESSION DE M. DE SAINT-REMY

PREMIÈRE VENTE

Vente de tableaux anciens faite à l'Hôtel Drouot, salle 1, les 26 et 27 avril 1870, par Me Pillet et M. Febvre.

9. D. Van Bergen. Animaux et pâtres : 530. — 22. Breughel de velours. Mars et Vénus : 1,310. — 48. A. Cuyp. Paysage avec bras de mer : 700. — 49. C. Decker. Le champ de blé : 730. — 52. Diétrich. Le pont :940. — 57. Van Eyck. L'Annonciation : 800. — 62. Ferg. Cerfs poursuivis par des chasseurs : 551.

73. Attribué à H. Memling. La Vierge, Jésus et deux anges : 510. — 76. Hobbéma. Mare au milieu d'une forêt : 900. — 78. Holbein. Portrait d'un jeune homme, et 79, portrait de la femme du précédent personnage, ensemble : 1,380. — 95. Lucas de Leyde (école de). La Vierge, Jésus et deux saints : 560. — 96. Ph. Lippi. La Vierge, Jésus et des anges : 550.

97. J. Lingelback. Marché sur la place d'une ville : 560. — 102. Van der Meen. Savant dans son cabinet : 800. — 106. Miéreveld. Portrait d'un personnage hollandais : 710. — 111. J. da Immola. Sainte-Famille : 510. — 121. G. Netscher. Famille hollandaise à l'entrée d'un parc : 770. — 124. G. Van Orley. La Vierge et l'Enfant-Jésus : 580.

126. J. Van Os. Fleurs et fruits : 640.— 146. S. Ruysdaël. Paysage avec rivière : 1,420. — 158. A Solario. La Vierge et Jésus : 4,520. — 172. D. Van Tol (d'après Gérard Dow). La femme hydropique : 1,050. — 180. Wouwermann. Attaque de voleurs : 600. — 191. Wynants. La route : 850. — 195. Zeeman. Rade d'un port de mer hollandais : 600.

—

www.ingramcontent.com/pod-product-compliance
Ingram Content Group UK Ltd.
Pitfield, Milton Keynes, MK11 3LW, UK
UKHW020437180726
13839UKWH00004B/1533